AF240050

MÉLANGES

DE

POÉSIES,

Par Henri-Alexandre de VILLODON fils.

A PARIS,

Chez { L.-E. HERHAN, Imprimeur, rue et passage du Caire;
DELAROQUE, Libraire, boulevard Montmartre, Nᵒ 5.

1816.

MÉLANGES
DE
POÉSIES,

Par Henri-Alexandre de VILLODON fils.

Au Roi.

Spes incerta, timor constans, fugitiva voluptas.

ÉGLOGUE.

Muse, dont les accords enchantent nos bocages,
Viens t'asseoir près de moi sous ces charmans ombrages;
Viens, et que mes Pipeaux, soutenus par ta voix,
Puissent rendre en ce jour des chants dignes des rois.
Par les soins de Louis, la Paix si désirée
Nous ramène le temps de Saturne et de Rhée :
Astrée est revenue habiter en ces lieux,
Nous revoyons ce Roi, qu'avaient promis les Dieux....
Bel astre, dont l'aspect éclaira sa naissance,
Répandez sur ses jours la plus douce influence;
Ah! conservez Louis! qu'il règne pour jamais!
Il attache à son sort le bonheur des Français.

(4)

C'est sous l'auspice heureux de sa digne puissance,
Que le ciel s'appaisant désarme sa vengeance,
Et qu'étonnés du coup dont ils sont fulminés,
Les factieux tremblans se cachent consternés.

Donnant de son amour la plus sensible marque,
La terre offre ses fruits à son digne Monarque;
Les prés sont émaillés des plus brillantes fleurs,
Et Pomone, à l'envi, prodigue ses faveurs.
La chèvre, en sûreté, broute sur les montagnes,
La timide brebis bondit dans les campagnes;
Et le loup, modérant ses accès furieux,
Laisse errer, sans péril, les troupeaux en tous lieux.
Voilà les premiers fruits de son empire illustre...
Mais lorsque nous pourrons compter encor un lustre,
Nous verrons, satisfaits, d'abondantes moissons
De nos champs fortunés couronner les sillons;
De lait et de nectar on verra les fontaines
Serpenter dans les prés, et couler dans les plaines.

Mais comment célébrer la joie et les plaisirs,
Grand Roi, que tu promets bientôt à nos désirs!
Quand ta rare justice et ta sage clémence
Auront fait pour toujours le bonheur de la France;
Et que la Renommée emploiera ses cent voix
A publier le nom du plus chéri des Rois,
Alors, goûtant les fruits d'une paix si profonde,
Les solides vertus régneront dans le monde.
L'avide financier, par un prodige heureux,
Deviendra, tout d'un coup, facile et généreux.
Le vil agioteur détestera l'usure.
Le plaideur, sans procès, haïra le parjure;

Les marchands, les nochers ne courront plus les mers ;
Tout, à souhait, naîtra dans les climats divers.
Bacchus, sur nos côteaux étalant des richesses,
Au vigneron oisif offrira ses largesses ;
Et quitte enfin d'ouvrir un pénible sillon,
Le bœuf ne craindra plus le piquant aiguillon.

Quel prodige de voir, et sans art et sans peines,
Les toisons des brebis se teindre dans les plaines,
Les agneaux revêtus des plus vives couleurs,
Et le Ciel, en tous lieux, prodiguer ses faveurs !
Les Parques, de concert avec les destinées,
S'empressent de filer ces heureuses années.

Que je prendrai plaisir, sous un autre Titus,
A célébrer ton nom et chanter tes vertus !
Fasse le sort propice, en prolongeant ma vie,
Que je puisse remplir une si noble envie !
Je rendrai les sylvains jaloux de mes chansons,
Et Pan se cachera honteux dans les buissons.

Digne sang de nos Rois, ah ! commence à connaître
L'empire glorieux dont le Ciel t'a fait maître,
Et, dans un calme heureux, comblant tous nos souhaits,
Louis, fais-nous compter tes jours par tes bienfaits.

LE RAT DE VILLE

ET

LE RAT DES CHAMPS.

(Traduction d'Horace.)

Un jour, le rat des champs, en son séjour tranquille,
Reçut, fort satisfait, Messire rat de ville.
C'étaient deux vieux amis qui s'aimaient tendrement.
Notre bon campagnard vivait bien chichement;
Mais, quand on lui faisait l'honneur d'une visite,
Il se mettait en frais, dans son modeste gîte.
Aussi, cette fois-là, pois chiche, avoine, lard,
Plus qu'à demi-rongé, raisins secs, mis à part,
Tout enfin fut servi, sur sa rustique table;
Ce généreux ami, cet ami véritable
S'efforçait d'aiguiser le goût du Citadin
Par la variété; mais l'hôte, avec dédain,
Effleurait chaque mets; sa bouche somptueuse
Les laissait retomber, d'une dent paresseuse;
Tandis que, dans un coin, le maître du logis,
Maître bien complaisant, grignotait le pain bis,
Laissant à l'étranger un bien meilleur partage.
Le repas fait : « Ça donc, dans ce triste ermitage,
» Lui dit le Citadin, veux-tu vivre toujours?
» Veux-tu, dans un désert passer tes plus beaux jours?
» Quitte ces lieux, ami, viens plutôt à la ville,

» Viens, parmi les humains, vivre heureux et tranquille.
» Ah! tout ce qui respire est sujet à la mort,
» Les grands et les petits, en butte au même sort,
» Ne peuvent éviter la déesse implacable.
» Eh! jouissons de la vie, elle est si peu durable!
» Mépriser les plaisirs, ah! c'est être bien fou!..... »
    Emu par ce discours, il saute de son trou,
Bien résolu de suivre et l'avis de son hôte,
Et son heureux destin. Les voilà côte à côte,
Ils trottent, décidés d'arriver vers le soir,
De glisser sous le mur..... Mais, de son crêpe noir,
La ténébreuse nuit couvre déjà le monde.
Ils arrivent... Partout, règne une paix profonde;
Nos deux voyageurs entrent dans un palais
Où le marbre et l'ivoire éclataient à grands frais.
Là, les restes nombreux du souper de la veille
Se trouvaient à l'écart, dans plus d'une corbeille.
L'aimable Citadin met l'hôte sur un lit
Brillant de jaspe et d'or, que la pourpre embellit;
Comme un maître d'hôtel agit, avec prestesse,
Va, court et vient et vole, et revient et s'empresse.
Il apporte des mets, à n'en jamais finir,
Et même, en rat de cour, avant que de servir,
Il fait l'essai de tout. Le nouveau rat de ville
Est enchanté d'un sort, si charmant, si tranquille.
Mais les portes bientôt s'ouvrent avec fracas,
Les deux amis de fuir, de se jeter en bas,
De courir, morts de peur, tout autour de la salle,
Autre alarme pour eux; une meute infernale
Fait trembler la maison de ses longs hurlemens...

« Ah! je n'y puis tenir, dit le bon rat des champs,
» Je m'en retourne;... Adieu.... Si, dans mon ermitage,
» Je n'ai que du pain bis, des pois et du laitage,
» Au moins, loin du fracas qui règne dans ces lieux,
» Je vis en paix, content, passant des jours heureux. »

L'AMOUR MOUILLÉ.

(Traduction d'Anacréon.)

La nuit paisible était au milieu de sa course,
Sous la main du bouvier déjà se tournait l'ourse;
Les mortels, fatigués des durs travaux du jour,
Se livraient au repos. Je dormais, quand l'amour,
Ce dieu malicieux, fugitif de Cythère,
A ma porte heurta d'une main téméraire.
Qui frappe m'écriai-je, et d'un sommeil profond
Me ravit la douceur? Main barbare! Il répond:
« Ouvrez, ne rendez point ma prière inutile;
» Ah! je suis un enfant égaré, sans asile,
» Mouillé, transi de froid, sur le point de mourir,
» Hélas! soyez sensible! hélas! daignez m'ouvrir. »

Une juste pitié touche bientôt mon âme,
Je me lève; j'allume à la mourante flamme
Une lampe nocturne, et je vais à l'instant
Ouvrir mes deux verroux. Qu'aperçois-je? un enfant
Nu, grelotant de froid, et tout couvert de pluie.

Je l'assieds près du feu ; de mon mieux je l'essuie ;
Entre mes tendres mains je réchauffe ses doigts ;
Mais l'enfant me cachait son arc et son carquois.

A peine, par mes soins, il a repris courage,
Que le traître se lève. « Ah ! voyons si l'orage,
» Dit-il, n'a point gâté cet arc toujours vainqueur, »
Il le tend ;... Le trait part.... et me perce le cœur....
« Mon arc n'a point de mal, me dit le dieu perfide,
» Mais ton cœur est atteint d'une flèche homicide.

SCÈNE DU DÉLUGE.

Déja les tours de marbre et d'airain démolies
Dans l'abîme des flots roulent ensevelies ;
Déjà des masses d'eau sur les monts vaporeux
Jaillissent avec bruit. Un rocher sourcilleux
Domine seul encor la surface liquide :
Ses flancs battus, minés par la vague homicide
Retentissent au loin d'un horrible fracas ;
Et les infortunés, qui, pour fuir le trépas,
S'efforcent de gravir sa cime inaccessible,
Tremblans, désespérés du destin invincible,
Font résonner les eaux et la voûte des cieux,
De longs gémissemens, de cris tumultueux.
Mais la terrible mort, sur les ondes portée,
Va suivant de leurs pieds la plante épouvantée.
Là, du vaste rocher se détachent des pans,
Qui, sous l'énorme poids des mortels gémissans,

S'écroulent dans les flots. Là, des torrens rapides
Viennent ravir le fils, dont les bras intrépides,
Au milieu du danger, luttant contre le sort,
S'efforcent d'arracher son vieux père à la mort,
Ou d'entraîner plus haut sa mère infortunée,
De ses autres enfans gisant environnée.
Seule s'élève encor la tête du rocher....
Le reste est englouti.... C'est sur ce faîte altier,
Que le tendre *Semin*, dans son ardeur extrême,
Bravant tous les dangers, a sauvé ce qu'il aime;
Semire, dont l'amour a couronné ses vœux,
Au milieu de l'orage et des vents furieux,
Ces deux amans sont seuls.... Déchaînés sur leurs têtes,
Les fougueux aquilons promènent les tempêtes,
Et des bornes d'Alcide aux rives de Thulé
Balancent l'Océan sur le globe ébranlé.
Ces vents, du haut des cieux, précipitent les nues,
Tous les champs ont fait place à des mers inconnues;
Sur les eaux qui tombaient, tombent encor des eaux,
Les torrens sont pressés par des torrens nouveaux.
Tout est bouleversé dans la nature entière,
La plus obscure nuit dérobe la lumière.
Seuls, des affreux éclairs les feux étincelans
Montrent à leurs regards les débris surnageans
Des hameaux dispersés sur l'abîme des ondes,
Des arbres élevant leurs tiges infécondes,
Où s'attachent en vain quelques infortunés,
Luttant contre les flots, par les flots entraînés.

Semire, cependant, sur cette scène affreuse,
A promené les yeux.... Soudain la malheureuse

Tremble et frémit d'effroi,.... Sur son cœur palpitant
Elle presse *Semin*, son généreux amant....
Elle dit : sa tendresse et ses vives alarmes,
Dans ce moment d'horreur, lui font verser des larmes.
« O toi ! que je chéris, ô mon tendre *Semin* !
» Point de salut pour nous.... ô rigoureux destin !...
» C'en est fait, je le vois, pour nous la mort s'apprête...
» Mon bien aimé.... *Semin*.... elle est sur notre tête....
» Autour de nous, sous nous, partout je vois la mort...
» Ah ! il nous faut périr !... Impitoyable sort !...
» Sous nos pas chancelans, la roche est entr'ouverte !...
» Ah ! tous les élémens ont juré notre perte !...
» Les feux, les vents, les eaux viennent nous accabler !...
» Ce rocher tremble.... ô Ciel !.. je le sens s'écrouler !...
» Je me meurs, c'en est fait.... vois la vague ennemie !...
» C'en est fait.... je succombe et vais finir ma vie !... »
C'est ainsi qu'elle parle à son tendre *Semin* ;
Les yeux baignés de pleurs, se penche sur son sein.
Semin serre en ses bras, sa malheureuse amante,
Et déjà ne voit plus que *Semire* expirante....
A ce pénible aspect, son cœur est consterné....
Le péril, dont il est partout environné,
N'est plus rien à ses yeux.... et sa douleur s'exprime
Dans les tendres baisers que sur elle il imprime.
Il dit : en la pressant plus fort contre son cœur :
« O *Semire !* reviens, reviens de ta frayeur,
Tourne encore sur moi ta prunelle tremblante
Dis une fois encor, de ta voix si touchante,
Que tu chéris toujours ton *Semin*, ton amant. »
Elle revient.... Sur lui jette un regard mourant,

Dont l'expression montre et sa vive tendresse
Et de son cœur navré la profonde tristesse....
» Ah! quelle mer! dit-elle, ah! quels affreux éclairs!
Quelle tempête, ô Dieu! s'élève dans les airs!
La force m'abandonne.... A peine je respire....
Sauve-moi, cher *Semin*! vois! le ciel se déchire!...
Il nous montre de Dieu l'implacable courroux,
Qui va bientôt, hélas! s'appesantir sur nous....
Faut-il donc, nous aimant et dans la fleur de l'âge,
Que nous descendions au ténébreux rivage!...
Ah! mes jours innocens s'écoulaient trop heureux!
Le mortel le plus tendre et le plus vertueux
Me les rendait si doux!... Eh! ceux par qui ma vie
Des charmes les plus grands se trouvait embellie,
Ils ne sont plus!... Et toi, qui me donnas le jour,
Mon père! digne objet de mon premier amour,
Emporté près de moi par l'affreuse tempête,
Tu levas vers le ciel ta vénérable tête....
Tu voulais me bénir.... Mais tu fus englouti!...
Dans les flots mutinés, hélas! tous ont péri!...

    Semin, entre ses bras soutenait son amante
Chancelant aux assauts de l'onde frémissante....
« Ah! dit-il, il n'est plus aucun être vivant;
Déjà l'on n'entend plus aucun gémissement.
Seuls, nous restons en proie à la mort implacable,
Je la vois s'approcher, elle est inexorable,
Nous ne pouvons, *Semire*! échapper à ses coups;
C'en est fait, plus d'espoir! plus de salut pour nous!
Mortels, nous mourons!... Mais que serait notre vie,
Quand elle coulerait de plaisirs embellie?...

Deux gouttes de rosée, enfans chers à la nuit,
Que dissipe bientôt le matin qui la suit....
Que la sainte vertu relève ton courage,
Te fasse mépriser et les vents et l'orage,
Entourés de périls, bénissons notre sort....
Et sachons, d'un œil sec, envisager la mort !...
S'élancant au-delà de ce gouffre homicide,
Nos âmes vont bientôt prendre un essor rapide,
Et se joindre à ce Dieu bon, puissant, immortel,
Dont nous reconnaissons le pouvoir éternel.

» Ah ! tonnerres, grondez ! frémissez sur nos têtes !
Abîmes, levez-vous ! retentissez, tempêtes !

» Loué soit pour toujours le Dieu plein d'équité !
Adorons ses décrets ! devant l'immensité
De son être, humiliés, vouons-lui notre vie ;
Prosternés, bénissons sa clémence infinie !

» Ah ! tonnerres, grondez ! frémissez sur nos têtes !
Abîmes, levez-vous ! retentissez, tempêtes !
Loué soit pour toujours le Dieu plein d'équité ! »

A ces mots, le courage et la calme gaîté
Raniment tous les traits de sa sensible amie.
« De ce riant espoir, oui, mon âme est remplie,
Dit-elle ; nous aurons, dans l'éternel séjour,
La félicité pure au sein du Dieu d'amour !

» Ah ! tonnerres, grondez ! frémissez sur nos têtes !
Abîmes, levez-vous ! retentissez, tempêtes ! »

Elle dit ; et les bras l'un dans l'autre enchaînés,
Par les flots furieux ils roulent entraînés.

A MORPHÉE.

Morphée, approche-toi de mon lit solitaire,
Viens me fermer les yeux, d'une main passagère ;
Viens, aimable Sommeil, te jeter dans mes bras :
Sommeil, que tu m'es cher! ne m'abandonne pas!
Vois les tendres oiseaux, chantres de mon bocage,
Te célébrer toujours, par leur charmant ramage.
La simple violette et la fleur des pavots,
Et tous les vins crétois, remplissant mes tonneaux,
T'invitent à venir dans mon réduit paisible ;
Tu ne viens pourtant pas, ô Sommeil insensible !
Pourquoi donc ce retard et ces refus constans ?
Ah! je n'ai point souillé le long cours de mes ans !
Le crime n'entra point dans mon cœur toujours sage ;
Je ne suivis jamais le criminel usage
De l'homme dépravé, sans vertus et sans mœurs.
Apprends, Sommeil, apprends, que je sers les neuf sœurs :
Dans son sein, une Muse a nourri ma jeunesse ;
J'en fus reconnaissant ; pour prix de ma tendresse,
Elle me fit présent d'un luth harmonieux ;
Je prépare déjà ses accords gracieux.
Hâte-toi donc, Sommeil! ah! si tu n'accélère,
Je ferme, pour toujours, les yeux à la lumière.
La nuit va me couvrir de ses voiles affreux,
Et mon âme voler au séjour des heureux.

MORT DE POMPÉE.

Le voilà froid, sans vie, étendu sur le sable,
Ce héros dont le fer, le bras impitoyable
S'étaient appesantis sur les mondes tremblans,
Et qui voyait la terre à ses pieds triomphans.
Vainqueur, marchant l'égal du Dieu des mers profondes,
Lui seul donnait des lois sur la terre et les ondes.
Par ses nombreux succès, par ses brillans exploits,
Commandait aux mortels dociles à sa voix;
Il étendait déjà ses nombreuses conquêtes
Jusqu'au séjour lointain des terribles tempêtes;
Maintenant poursuivi par le cruel destin,
Il tombe sous les coups d'un perfide assassin.
Vois, contemple, César, cette tête sanglante;
Vois ces deux yeux éteints, cette bouche béante:
C'est là le grand Pompée; à tes pieds vois-le mort,
Victime, hélas! d'un traître et d'un injuste sort!
Tu vis puissant, heureux, à la fleur de ton âge;
Ton gendre est étendu sur un lointain rivage;
Tremble, pourtant, César, la rigueur du destin
Qui l'a fait succomber, prépare aussi ta fin
Le tableau que tu vois, sur la rive éloignée,
Tu l'offriras bientôt dans ta ville étonnée.